宝贝，你就是我的春天

黄爱梅 ———— 著

Baobei nijiushi wode chuntian

当代世界出版社
THE CONTEMPORARY WORLD PRESS

妈妈说：
我的乖娃娃，
谢谢你把春天带回家！

他骑着祥云朝妈妈奔来，
只需张开双臂，
他就把全世界放进妈妈的怀里。

时间时间，
我们坐下来谈一谈。
你能不能让快乐的时光，
走得慢一点……

不要嫌它跑得慢，
半小时后它又回到起点。
我们的童年，
跑走了就再也不回来。

春风还在原野涌动，
你们又要北飞。
为什么不和我们一起
迎接春暖花开？

盼了一年，心心念念，
雪花——这位南方孩子的贵客，
终于来了！

你穿着，
一层又一层盔甲，
带领一个连，一个营，
在山林，在田野，
为春天站岗。

妈妈，
是谁拿着瓢和盆，
往人间倒水？
银河里的水舀不干吗？

我要在皎洁的月光下，
爬上长长的绳梯，
登上月亮船，
去寻找我的妈妈。

忙活了一晚上，
直到天亮，
萤火虫才熄灭
它的灯笼。

荷塘里青蛙可真多，
欢天喜地唱着歌。
我在岸边干着急，
想变成青蛙跳下去。

谁家鱼缸里，
游出来了
两条金鱼，
游到画纸上来了。

飞吧，飞吧，
风筝。
你要飞到月亮上去，
给嫦娥仙子捎个信……

我亲眼，
看见他们，
一个在前，
一个在后，
一同在天空散步。

黄爱梅 笔名艾眉，教师，江西省作家协会会员。曾任《涉世之初》《中国青年》记者、编辑。发表作品200余万字，文章被《读者》《作家文摘》《青年文摘》等转载。

诗是心里流出的爱

诗集《宝贝，你就是我的春天》，终于要面世了。

像我的又一个孩子来到这个世界，我是欢喜的，也是忐忑的。

每一个孩子的诞生，都让我幸福得几欲落泪。分娩的十级阵痛，在新生命的第一声啼哭里，皆化作一朵美丽的云彩。在这个世界上，没有哪一种幸福比得上疲惫的产妇轻拥着她刚出生的婴儿。

但这一次，我更多的是忐忑。这是我的第一本诗集，我不知道她在世人眼里是美是丑。这时候，我已不是"母亲"了，反倒成了一个怯怯的"孩子"。站在一群大人面前，不知自己穿戴是否合适，谈吐是否得当。

感谢我的孩子们，是他们让我在平凡忙碌的岁月里，始终保持着一颗童心。

他们是我的诗歌的源泉。

老大刚上小学时，我在《中国青年》编辑部工作。她经常在电话里问："妈妈，你什么时候回来？"我在电话里教她写作业，给她讲故事。那时的电话费真贵啊，一张50元的电话卡两三次就用完了。有一次我回老家看望老大，无意间发现她的枕头湿湿的，便想给她换一个新枕头。老大不同意，不好意思地说："妈妈，这上面都是我的眼泪。我想你的时候，就会抱着枕头哭……"愧疚、心疼瞬间涌上心头，于是有了《想妈妈》这首诗：

我要在宁静的星空下，
爬上长长的绳梯，
摘下美丽的星星，
送给妈妈当耳环。

我要在皎洁的月光下，
爬上长长的绳梯，
登上月亮船，
去寻找我的妈妈。

妈妈，
你天天在我的梦里，
在我沾满泪痕的枕头里。
我在不在你的梦里？

这个带泪的枕头，我后来每回想一次，就流一次泪。宝贝，是你给了我最好的爱！那时太年轻，不懂得怎么做母亲。有多少母亲也曾和我一样，嘴里说着爱孩子，却不懂孩子，因为各种各样的事情忽略了孩子，而孩子却给了我们世界上最纯净无私的爱！

老二从小就是一个喜乐爱笑的宝贝，从未与我分离。她上小学的时候，我经常站在办公室窗口，看他们学校的学生在操场上运动。有一天，老二问我："妈妈，你能找到我吗？"我说："当然找不到啊。你那么小，又离我那么远。"女儿说："你真笨啊，那个抬头看你的就是我啊！"我的心瞬间就融化了，于是有了《一朵抬头的花》这首诗：

晴宝七岁，
掉了两个大门牙，
每次笑到一半，
就猛然用两只小手捂住嘴巴。

女儿的操场正对着我的办公楼。
她说，"妈妈，当我们做课间操的时候，
请你到窗前来看我。"

我看了好多次，
都没有找到她。
一操场的同款校服，
一操场的天真烂漫，
我从十楼往下看，
不知道哪一朵花是她。

女儿说，你真笨，
那个抬头看你的就是我呀！

活泼伶俐的老三像一只快乐的小鸟，每天叽叽喳喳有着说不完的新鲜话。她一眨眼，湖水就荡漾起柔波；她一说话，仿佛阳光在树林里唱歌。我每天牵着她的手上学放学，她那小小的脑袋里充满了奇妙的想象。

清晨，
我们从玉兰树下走过。
小瑶瑶指着头顶的花说：
"妈妈，如果在花苞里放一个灯泡，
就可以照亮夜行的人。
小老鼠可以在里面睡觉，
做一个又香又美的梦。
我可以用花瓣穿成一串项链，
送给我的朋友。
妈妈，我还可以做成发饰，
戴在你的头上。"

宝贝，你就是我最美的发饰，
我天天戴在心上。

《玉兰花开》这首诗，除了最后一句，我几乎未加修饰。孩子的话，出口成诗。孩子是天生的诗人。

老四的出现，完全在意料之外。这个不请自来的家伙，让我有了一些慌乱。带娃的路上不只有欢乐，还有很多艰辛和无奈，我在"母亲"和"自我"、家庭和事业之间艰难地平衡着。但是，宝贝，既然你选择我做你的妈妈，我还是要张开双臂欢迎你。"人生最美好的事，就是回到婴幼时代，一如此刻的你，清澈的眼眸，天真的萌态，一切纯净得不惹尘埃。"憨厚而勇敢的老四，小小的男子汉，由他而来、因他而生的诗是最多的。

> 是星光，是暖阳，
>
> 是贴心小夹袄，是御前小卫士，
>
> ……
>
> 他是一个伟大的奥秘，
>
> 从梦想的世界而来，
>
> 从欢乐的海洋而来！
>
>
> 他骑着祥云朝妈妈奔来，
>
> 只需张开双臂，
>
> 他就把全世界放进妈妈的怀里。

有幸一次次被我的孩子带回人类的婴幼时代。这个纯净的世界，充满柔软的阳光，充满爱的馨香，充满率真，充满幻想，我的心被滋养得无比富足。

十年的编辑记者生涯，让我对文字情有独钟；四个孩子先后到来，点燃了我童诗创作的激情。我决定，把这一切记录下来，于是，有了今天这本《宝贝，你就是我的春天》。

老三老四争宠，时时处处要公平，由此诞生了《妈妈的爱，不偏不倚》；调皮的儿子在江边玩耍，在草地上打滚，沾了一头一身的苍耳子和嫩草，当他握着一束紫云英站在门口，我哪里忍心责骂他，只是满心感谢他"把春天带回家"……这些浅浅的文字也许都算不上是诗，却都是孩子的发现、孩子的感悟、孩子的心声，是一个纯真、稚拙、欢乐、质朴的世界。

诗集里，也有我自己童年的影子。比如《爷爷奶奶》《喇叭花》《小可爱》《童年的月亮》……我始终认为，童年是一个人记忆沙滩上最闪亮的光。这束光，可以照亮一生，治愈一生。

童心，即诗心。诗人树才说，诗是生命中最善、最真、最美的那些瞬间。这本诗集，是平凡日子里闪耀的瞬间，也是我心底流出的爱。

生活原本忙碌，诗歌是我的——也愿她成为读者的——心灵憩园。

愿每个妈妈枕边都有一本给孩子的诗集。它是一双会飞的翅膀，带领孩子遍游绚丽缤纷的童话世界；它是一片澄净的天空，引领孩子仰望星空，放飞梦想；它还是一座温暖而馨香的花园，园中阳光柔暖，孩童奔跑，诗意留香……为孩子读童诗，激发孩子对自然与生活的感受与体悟；为孩子读童诗，就是在春天里把真善美的种子种进孩子的心田！

感谢我的父母给了我一个快乐的童年！

感谢我的四个孩子，他们是我今生最大的幸福和财富！

感谢每一位读者——无论大朋友，还是小朋友。我们在文字里相遇，我们在孩子的世界里相知。

目　录

第三辑　妈妈的爱不偏不倚

第四辑　各种各样的孩子

第五辑 给每一株植物起一个名字

第六辑　童年的月亮

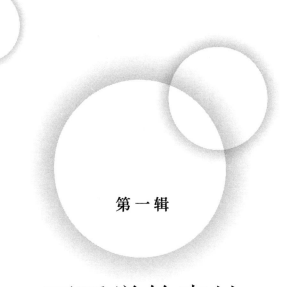

第一辑

不睡觉的青蛙

白鹭与黄牛

牧童骑过的牛背，

白鹭也喜欢，

又踏实，

又温暖。

白鹭在牛背上写字，

你看它用修长的脚，

踱过来跳过去。

不知道它到底写了什么，

每一个经过的人，

都忍不住啧啧称赞。

比美

孔雀园里，

一群蓝孔雀，

开屏比美。

有的穿着翡翠长裙，

有的绽放五彩翎羽，

一个个像高傲的公主。

在她们的身旁，

身材圆矮的珍珠鸡，

憨憨地踱着步，

悠闲地啄着草。

她的身上，

披着一件，

朴素的灰白衫，

一点也不自卑。

不睡觉的青蛙

呱呱——呱呱——

池塘里的青蛙，

怎么有那么多话？

我在窗前看书，

它叫我：

呱呱，来玩个游戏吧？

我在灯下写作业，

它又来喊我：

呱呱，来听我的演唱会吧？

我快要睡觉了，

它还不忘说一句：

呱呱，做个美梦吧！

不睡觉的青蛙，

你妈妈怎么不管管你呀！

小鸟

一只鸟死了，

仰面躺在马路上。

她那么弱小，

身体和翅膀全部加起来，

也不足我的小手掌。

她一定刚从天外飞来，

肚子上佩戴着一朵软软的白云，

脖子处镶嵌着太阳的金边，

翅膀和尾巴上印染着彩虹。

她飞翔时该有多美，

她的妈妈找不到她，

该有多悲伤。

这是一个寻常的日子，

天空遗失了一只飞翔的精灵，

人间多了一双折断的翅膀。

候鸟

听说你们从北国来，

北国有多远?

北国的雪花美不美?

你们飞了多久，

才到达我的家乡——

鄱阳湖畔这片温润的湖泽。

你们的翩跹舞姿，

我怎么也看不够。

你们的动人鸣唱，

我怎么也听不够。

春风还在原野涌动，

你们又要北飞。

为什么不和我们一起

迎接春暖花开?

小天鹅、白鹳、白鹤……

大自然的精灵，

我的朋友，

欢迎你们明年

还来我的家乡做客。

梅花鹿

我说你是鹿，
他说你是驴。

他没看见你身上，
美丽的梅花，
还有头顶珊瑚一样
精致的犄角。

驴脸拉下来多难看，
我真替你生气。

你却一点也不生气，
照样优雅地散着步。

青蛙和小鸟

夜深了,

娃娃睡了,

青蛙不睡。

它们在楼下的池塘里,

奏一支小夜曲。

月亮躺在树梢听,

花朵挤在枝头听,

梦中的娃娃也在听,

——梦里的味道又香又甜蜜。

晨未晓,

娃娃还没醒,

小鸟们醒了。

它们在庭院的树林里,

齐唱一首天上的晨曲:

"我最爱你,小宝贝——"

音符飘进窗户里,

娃娃睁开双眼皮，

伸个懒腰说：

谢谢小鸟，

谢谢你叫我早起!

晒春光的猪

我其实想和你一样，

拱拱嘴，

甩甩尾，

徜徉在春光里。

但是我怕老师说我懒，

我怕妈妈说我懒，

懒就没有好前程，

所以，

晒春光的猪，

我只能羡慕你。

小餐鱼

银闪闪的小餐鱼，

养鱼人不爱，

钓鱼人不喜。

银闪闪的小餐鱼，

在绿油油的水草间，

聚会。

银闪闪的小餐鱼，

像一道道闪电，

去找他们的伙伴桃花鱼。

银闪闪的小餐鱼，

爱玩捉迷藏，

一游游进了渔网里。

晨曦中老爷爷来收网，

拉起一串串，

会跳舞的小星星。

小鱼和小溪

小溪从山里奔跑出来，

一路欢笑，

一路歌唱。

小鱼不知道，

小溪为什么那么快乐。

它们拼命地往回游，

去寻找，

快乐的源头。

野鸭子

湖水

选好了角度，

调好了光影。

天空、云彩、青山，

都完美地进入了镜头里。

我刚要按下快门，

一只野鸭子，

冒冒失失地闯进了镜头，

在光滑的照片上，

划下一个

动感、夸张的感叹号！

萤火虫

萤火虫，
提着灯笼，
在夜晚，
到处巡逻。

它飞来又飞去，
飞去又飞来。

村边的小路上，
还有夜归的农人。
月色朦胧的打谷场上，
还有玩耍的孩童。

忙活了一晚上，
直到天亮，
萤火虫才熄灭
它的灯笼。

雨中的小鸟

一只小鸟，

被雨淋得

精湿，

它在草地上，

忙不停地

甩身上的水珠。

它摇摇脑袋，

拍拍翅膀，

抖抖身子，

把身上的水珠，

甩干了，

好回家

见妈妈。

第二辑

把春天带回家

把春天带回家

在江边疯玩了一天的娃娃，

一身嫩草一身沙。

刚进家门的娃娃，

送一束美丽的红花草给妈妈。

小刺猬样的苍耳子，

挂满了裤腿和鞋袜。

还有几个沾在头顶上，

要给娃娃烫卷发。

妈妈说：

我的乖娃娃，

谢谢你把春天带回家！

春分

冬天和春天，

两个顽童，

在空中划拳。

一会儿冬天赢了，

把雪花舞得似柳絮。

一会儿春天赢了，

一声"飞花令"，

万紫千红来报到。

三岁娃娃的脸上，

一会儿冷，一会儿热，

一会儿哭，一会儿笑。

燕子飞回来了，

说：别闹别闹。

她用剪刀"咔嚓咔嚓"，

把春天均分成两半。

把白天黑夜均分成两半。

耕牛下田了，

"哞——"

春江

一条温暖的江，

围绕在城市的脖子上。

小船给江水别上一颗

秀气的胸针。

小鸟变换着角度，

给围脖绣了一个飞翔的图案。

江水总喜欢往岸边跑，

捧上一朵朵洁白的浪。

你是要滋润岸边的三叶草，

还是要在春风里，

与百花一齐绽放。

春天

大家都觉得春天脾气好，

热情又温和，

想留她多住些日子。

春天只是嫣然一笑，

却很有原则。

时间一到，

她就脚步那么轻盈，

悄悄走了。

春天的落叶

你可发现，

春天的落叶，

窸窸窣窣，

比秋天，

落得还欢呢。

它们时而在原地跳芭蕾，

时而像一群小麻雀，

踮着小碎步，

朝一个方向，

飞快地跑去。

一边跑，还一边

热烈地交谈着。

他们的语言，

身后的阳光和风，

都听到了。

春天来了

你是谁呀？

我是高音谱号。

你是谁呀？

我是四分音符。

你是谁呀？

我是二分音符。

我们手拉手去郊游吧！

草尖尖刚冒出嫩绿，

蜗牛写下一行行字迹，

柔软的风把湖水熨得

绸缎一样。

一群鸭子一摇一摆下了水，

变成一朵朵云游走了。

——春天来了。

调皮的东风

调皮的东风，

一大早就出门了。

她摸摸灌木丛的头，

又挠挠木棉的胳肢窝。

她给柳树姑娘梳辫子，

又在樱花树下荡秋千。

调皮的东风，

一整天都不回家。

她挥舞一只画笔，

把山山岭岭全抹绿。

累了就溜进玉兰的花房里，

倚着小窗打个盹。

调皮的东风，

她其实是神仙变的。

被她抚摸和亲吻过的草木，

都迅速地长个儿。

被她抚摸和亲吻过的脸庞，

都那么快乐。

冬天的雪花

早已得知你要来，

何须整出这么大的排场？

先是冷风小分队打前哨，

在街巷、集市上巡逻，

一溜烟又跑到学校的操场上。

接着，千军万马进城扫荡，

仿佛狮群从天边呼啸而来，

整齐肃杀的阵势，夹着豆大的雨点，

把梧桐树，银杏树，

一片片金黄撕扯光，又狠狠摔在地上。

夜晚，冷空气的主力占领了全城，

世界突然变得安静，

面对暴虐，人们瑟瑟发抖，

躲进了被窝。

清晨，妈妈把儿子从被窝里拽起来。

小宝，下雪了，快起来看！

儿子睁开惺忪的眼，看了看窗外说：

没有看见呀！

上学路上，雪落下来，

如玉尘，似银沙，

在天空划着弧线，

在行人的伞上，一蹦三跳。

一朵雪花，化作一只玉蝴蝶，

轻盈地落在了儿子的棉袄上。

"真的呀！真的是雪花啊！"

儿子甩开妈妈的手，

奔着前面又一只玉蝴蝶，

跑去。

盼了一年，心心念念，

雪花——这位南方孩子的贵客，

终于来了！

桂花香

下课了，

老师领着一群孩子从桂花树下经过。

满树金黄的星星往下落，

落在男孩的白衬衫上，

落在女孩的马尾辫上，

落在老师的裙子上。

一群叫桂花香的孩子，

被风儿温柔地追着，

在校园里漾起好闻的香香的波浪。

好久不见啊

阴雨天呼呼生着气，

被小朋友一齐赶走了。

太阳公公终于露脸了，

小朋友快快出来，

出来晒太阳。

晒一晒冷风吹过的小脸庞，

晒一晒缩在棉衣里的后脑勺，

仰起脖子对着太阳喊一声：

好久不见啊！

好久不见啊！

洗得发亮的小树伸了伸腰肢说；

好久不见啊！

柳枝头的新芽眨了眨眼睛说；

好久不见啊！

草叶从泥土里拱出了身子说；

好久不见啊！

小鸟清了清嗓子说;

好久不见啊!

风筝驮着一背的阳光对天空说;

好久不见啊!

蝌蚪摇着尾巴对池塘的水草说。

好久不见啊,春天!

产房里,一声嘹亮的啼哭,

年轻的妈妈望着刚生下的婴儿说:

终于见到你了,宝贝,

你就是我的春天!

欢乐小镇

风把天空擦蓝，

云朵纯洁柔软，

如新生婴儿。

不可一世的阳光，

催着快乐启程。

山川，河流，

赤诚善良。

秋风在松树林里邂逅了

第一缕冬风，

他们目光温和，并不争吵。

山谷里，

孩子们欢快的尖叫声，

像小鸟展翅，

冲向云霄。

枝头的黄叶，

哆嗦了一下，

轻轻，

落了下来。

江边赏花

妈妈带我去江边看樱花。

哪有什么花啊？

远远的只看见巨幅的水粉画。

披着隐形衣的花香，

四处奔跑，嬉闹，

弄痒了我的鼻子，

还缠着妈妈的衣裙，

让她迈不动脚。

爸爸说我们来踢一会球吧。

足球一不小心滚下了坡，

哎呀！哎呀！

身后的玉兰，

齐刷刷惊叫起来，

千盏万朵全都开了。

惊蛰

老天爷从不骗人，

他在凌晨时分，

准时敲响了天鼓，

"轰隆—— 轰隆——"

雨脚乱了方寸，

踉踉跄跄扑向大地。

小动物们竖起耳朵，

昆虫们睁开了惺忪的眼睛。

仿佛大梦醒来，

世界抖落了一身的沉郁。

燕子接到通知，

启程飞回来筑巢。

溪水遇到了桃花，

一路说不完悄悄话。

花朵们，

正在谋划一场盛大而有序的狂欢。

百鸟负责音乐伴奏，

序曲已经拉开了，

不信，你听。

敲门

春天，

阳光来敲门，

紫藤花在门前挂起一帘紫铃铛，

笑吟吟地说：

不要急，一波一波的芬芳

马上送给你。

夏天，

星星来敲门，

月亮从云彩后露出笑颜，

款款移步说：

不要急，天空这么大，

我们慢慢走。

秋天，

晚风来敲门，

葡萄架上一串串紫色的小精灵，

异口同声说：

不要急，再过一天，

我们就成熟了。

冬天，

时间老人来敲门，

灯光下年轻的妈妈，

轻轻摇着摇篮说：

宝贝，不要急，

妈妈陪你慢慢长大！

秋

猝不及防和秋撞个满怀，

它来得真快。

不是一步一步循着记忆而来，

而是裹挟着风和雨，

一步就跨到了跟前。

来了就来了吧。

我们坐下来，

一起喝杯咖啡，

读一读莎士比亚的抒情诗，

聊一聊跋山涉水的往事。

窗外的银杏叶开始泛黄了，

再过一阵子，

她就会燃烧成一片金黄，

再把大地铺满。

白云又高了一个重霄，

秋水，被一只飞鸟掠过，

翅膀上的晶莹，

泫然欲滴。

九月，

世界变得更加

澄澈、

明净，

如星空下的思念，

亦如孩子的眼睛。

秋天的丝瓜

小小的丝瓜，

真是顽皮，

顺着瓜藤织的梯子，

多高的院墙，

都能爬上去。

爬得高高的，

好做蝴蝶的秋千。

如果瓢虫想去天上，

它就变成一艘月亮船。

绿莹莹的天幕，

金黄的星星，

一群丝瓜，

钓了一整个夏天。

今晨，北风呼呼跑来，

冬天藏在北风里，

碰了碰钓钩。

那秋天呢？

秋天成了漏网之鱼。

晒太阳

母鸡在墙根下，

晒太阳。

它喜欢把翅膀铺开，

收集冬天的阳光。

小猫在墙根下，

晒太阳。

它喜欢和另一团毛线球，

比谁更柔软。

老奶奶在墙根下，

晒太阳。

她闭上眼睛打个盹，

一梦梦回小时候，

那个追着猫儿狗儿的

小姑娘。

山中雪景

大地一定很暖和吧，

蓬松的厚厚的雪被子，

盖在她的身上。

高高的松树爱臭美吧，

晶莹剔透的冰挂，

缀满她的枝头。

屋檐下娇艳的山茶花，

赶快照个相吧。

你穿着洁白的婚纱，

是这雪地里最美的新娘。

叮叮咚咚的山泉，

歇歇脚吧。

春姑娘正在赶来的路上，

——她要来对镜梳妆。

盛夏的午后

盛夏，

用滚滚热浪阻拦行人的脚步。

屋前窗下，

牵牛花、鸡冠花、美人蕉、太阳花……

她们借着一阵穿堂热风，

小声讲着自己的话，

讲谁的衣裙最美丽，

讲天狗怎么吃月亮。

一个人，

无论走多远，

都走不出小时候，

盛夏的午后，

那一团明媚的花影，

那蝉声中无人的宁静。

十月

爬山虎，

爬上了南面的阳台。

一片片叶子，

在玻璃后，

仰起了圆圆的小脸。

蟋蟀，

最近搬到了我家的北阳台。

它是个歌手兼词人，

每天纵情唱着长短句，

它的歌声清亮、悠长。

十月，

我遇见谁心里都欢喜。

十月，

是祖国的生日。

十月，

是妈妈的生日。

水洗过的早春

水洗过的枝条，

睁开了绿茸茸的眼睛。

水洗过的鸟鸣，

像河蚌新捧出的珍珠。

水洗过的玉兰，

打开了一间又一间花房。

水洗过的早春，

我拼命地嗅啊嗅啊，

就像嗅着宝宝乳香的脸庞。

问秋天

小奎说：桂花，桂花，别的花儿都谢了，
你为什么开得这么香？
小粽子说：稻穗，稻穗，你向大地鞠躬，
身体里沉甸甸的都是感恩吗？

舜仁说：高高的在风中飘荡的芦苇啊，
你是在给大家站岗放哨吗？
沛瑶说：手掌一样的梧桐叶儿，
你离开枝头像蝴蝶飞啊飞，
是在追寻什么呢？

宁宁说：橘子，橘子，你为什么这么甜？
谁偷偷往你里面加了糖？
凡凡说：松树，松树，
你为什么一年四季都穿着绿衣裳？

乐彤说：红薯，红薯，你藏得这么深，

是在和秋姑娘捉迷藏吗?

曦可说：落叶，落叶，一到秋天你就扑向大地，

大地是你的妈妈吗?

一群孩子在秋天的田野上撒欢。

哦，秋天，我有十万个为什么，

请你告诉我!

夏天的夜晚

弯弯的月亮躺在天上，

像一个温柔

而不失威严的老师。

星星像一群调皮的孩子，

在她身边　挤眉弄眼，

窃窃私语。

有一些星星，

不小心掉了下来，

变成了绿油油的小草。

萤火虫，

提着灯笼，

在草丛里寻找，

哭鼻子的星星。

香樟子

冬天的樟树子，

从树上落下来。

像一枚紫色的子弹，

穿过冷空气和雾霾。

调皮的孩子每次经过树下，

都忍不住拿脚去踩。

"咯吱"一声脆爽，

宛如冬天的一个响指，

把春天招来。

雪融后的早晨

从雪到水，

有时不需要太阳，

一阵风就能办到。

只有屋脊上，灌木丛里，

还藏着一抹狡黠的洁白。

上学的路上，

一张细密的雨网飘下来，

妈妈和儿子手牵着手，

在网的缝隙里，

一路小跑。

银杏树如迟暮的美人，

褪尽红颜盛装，

柳树衣衫褴褛，

在池塘边冷得瑟瑟发抖。

宝贝，你就是我的春天

雪融后的草地上，

鸽子一家，

悠闲地散着步，

偶尔低头啄一下泥土。

还有一只不知名的鸟儿，

白衣胜雪，眼睛漆黑，

正带着她的宝宝，

在湿漉漉的草地上，

跳芭蕾。

她们一蹦一跳，

一蹦又一跳，

好像再一跳，

就跳过了冬天。

月季园游春

阳光都被染香了，

这当然是十里月季的功劳。

如果香可以看得见，

一定像赣江水一样清澈浩荡。

车轴草也要表扬一下，

她也奉献了自己的芬芳。

蝴蝶也要表扬一下，

感谢她们热心捧场。

零食到哪都可以吃，

但在棕榈树下吃就不一样。

阳光照进来，

温度和妈妈的怀抱一样。

春光里的妈妈心情真好，

和她的闺蜜喝着茶，聊着天，

允许我们吃各种零食，
放任我们玩各种游戏。

今天也不是什么节，
但感觉自己像个国王。
自由快乐，沐浴阳光，
就可以是自己的国王。

早春

妈妈，

谁把天空擦蓝了？

谁又把湖水染绿了？

早春的风把天空擦蓝了。

湖里的水藻，

齐刷刷地生长，

水就绿了。

妈妈，

为什么玉兰花开得那么高，

木瓜花却开得那么低？

玉兰花把手举得高高，

为了接住清晨的露珠。

木瓜花开得那么低，

为了你，

不用抬头就能看到美。

妈妈，

天鹅那么肥，

还能飞吗？

蜜蜂在花丛里，

怎么不动了？

这人间比天堂还美，

天鹅不想飞了。

蜜蜂不动了，

因为她在花蕊中，

喝醉了……

早春的雨

淅淅沥沥……淅淅沥沥……

花朵们没有带伞呢，

灌木丛用力抻了抻腰，

画眉的歌唱里含满了水。

淅淅沥沥……淅淅沥沥……

田野上一万朵油菜花手牵着手，

水面上一万个小酒窝盛着微笑。

布谷鸟来电话了，

——"布谷，布谷"

淅淅沥沥……淅淅沥沥……

嫩柳在树枝上挂满了绿星星。

她发了条朋友圈，

蜗牛看见了，

背着房子在树下给她写回信。

淅淅沥沥……淅淅沥沥……

早春的雨会记得，

每一个生命的努力。

第三辑

妈妈的爱不偏不倚

爸爸妈妈的童年

爸爸的童年,

上树打枣,

下地摸瓜,

沟渠里捉泥鳅。

每次说起那些调皮捣蛋的事,

他脸上都闪着光,

好像回到了小时候。

妈妈的童年,

上山摘栀子花、采蘑菇,

下地挖红薯、拔萝卜。

冬季看漫天雪舞,

夏季吃牛奶冰棍。

我想去爸爸的童年,

尝一尝他打的枣。

我想去妈妈的童年,

和妈妈打一场雪仗，

再吃一根五分钱的老冰棍。

别说我什么都不会

别说我什么都不会，

我会单脚跳台阶，

我会玩滑板转个弯，

我会爬树捉知了，

我会的，

你不一定会呢。

别说我什么都不会，

我会给妈妈擦桌子，

我会给爸爸提东西，

我会对你们微笑，

比你们对我的微笑还要多。

别说我什么都不会，

我试卷上明明有那么多"√"，

你们却只盯着一个"×"，

还要放大一百倍。

爸爸妈妈，

我希望你们每天看到我的"会"，

看到我是"小超人"，

看着我长成比爸妈还高的人。

先来一个拥抱

云来了，

风来了，

蝴蝶来了，

太阳出来了，

春天来了，

他们排着队，

一个一个来到妈妈的身边。

妈妈说，

不管谁来了，

先来一个拥抱。

姐姐来了，

我来了，

妹妹来了，

弟弟来了，

我们排着队，

一个一个来到妈妈的身边。

妈妈说，

不管谁来了，

先来一个拥抱。

吃进了满满的爱

会骨碌骨碌滚的土豆，

长得像珊瑚的花菜，

头上长胡须的玉米，

可以做雪人鼻子的胡萝卜，

藏着小青虫的卷心菜，

……

这些都是外婆亲手种的菜，

这些都是妈妈亲手做的菜，

这些都是我最爱吃的菜。

我每天都吃进了，

满满的爱。

跟妈妈睡就不疼

娃娃跑摔跤了，

破了皮，

出了血，

洗澡的时候，

痛得龇牙咧嘴。

妈妈说：

我们去看医生，

擦药就不疼。

娃娃说：

跟妈妈睡就不疼。

过马路

我想挣脱妈妈的手，

一个人去学校，

可妈妈说：别着急，你还小。

走过斑马线，

妈妈松开我的手，

要我一个人走，

妈妈说：你已经长大了。

真是奇怪，

过了一条斑马线，

我就长大了。

好爸爸

爸爸

一直想做个好爸爸，

他努力工作，

忙到很晚回家。

他细心照顾我，

生怕我磕了绊了。

他对我要求很高，

把自己气出了高血压。

爸爸每天很辛苦，

想做一个好爸爸。

爸爸怎么不问问我呢？

我虽然没当过爸爸，

但我知道什么样的爸爸

是好爸爸。

和妈妈比高

妈妈，

去年我到你的腰，

今年我到你的胸，

明年啊，我就要比齐你肩头了！

妈妈，你为什么不长啊？

妈妈等你啊，

等你和我一样高，

等你比我还要高。

那时候啊，

妈妈就得仰头看着你，

帽子都掉下来了，

妈妈就一个劲地乐，

乐得直不起腰。

荷塘边的故事

荷塘里青蛙可真多，
欢天喜地唱着歌。
我在岸边干着急，
想变成青蛙跳下去。

荷塘里荷叶可真多，
清圆的伞儿无数朵。
小鱼儿在伞下捉迷藏，
水珠儿玩起了海盗船。

妈妈最爱荷边立，
一脑袋诗词赞美荷。
问我荷花像什么，
我说花苞像炮弹头。

那盛开的荷花像什么？
妈妈惊讶地又问我。

像粉色的炮弹发射了，

"砰砰砰"——

炸开一朵又一朵。

妈妈愣在荷塘边，

好像被"炮弹"击中了。

只听见爸爸哈哈笑，

惊动了满塘的小蝌蚪。

换个妈妈好不好

人家的妈妈可真好，

周末可以睡懒觉，

零食可以自己挑，

开学还买电话手表，

也没有那么多兴趣班，

自由自在没烦恼。

人家的妈妈这么好，

给你换个那样的妈妈，

好不好？

还是算了吧，

我还是觉得你最好。

回城前的对话

妈妈，才在乡下呆一天，

可以不走吗？

明天就要上学了！

为什么天天要上学？

你看萌萌和可乐（村里的两只小狗）也不上学，

爱丽丝（屋前邻居家的大白鹅）每天都在村里闲逛，

盈盈（黄底黑斑点的蝴蝶）想去哪就去哪，

啾啾和喳喳（臭椿树上的两只鸟）每天只要唱唱歌，

我的好朋友都不用上学。

哦，宝贝！

我和你的心情是一样，

我也不想天天上班。

那我们一起变身吧!

好极了,我们就变成院子里的花。

我变作一朵绣球花,

你变作一朵玫瑰花,

我们藏起来……不要让爸爸找到。

上车啦!爸爸按起了汽车喇叭!

喇叭响得白云都听到了。

两朵花耷拉着脑袋上了车。

哎!

真想做个乡下人!

妈妈的爱不偏不倚

一个妈妈，两个娃娃。

左边一个，右边一个。

弟弟伸出胖乎乎的小手，

把妈妈的脸掰过来，

"妈妈，你向着我睡。"

姐姐伸出粉嫩嫩的小手，

把妈妈的脸掰过去，

"妈妈，你向着我睡。"

妈妈只好看着天花板，

像上课的小学生脑袋端端正正，

左脸贴着弟弟，右脸贴着姐姐，

直到两个娃娃发出了均匀的呼吸。

妈妈的爱，

不偏不倚。

妈妈的秘密

妈妈的衣柜里，

藏着一个密码箱。

箱子里藏着什么秘密，

我真的很好奇。

有一天，

忙碌的妈妈，

忘了给箱子上锁，

我终于发现了她的秘密。

哇，都是新奇的宝贝。

胎发做的毛笔，

小小贝壳样的乳牙，

拇指般大的婴儿袜，

还有我送给妈妈的贺卡，

——卡上有歪歪扭扭的字迹。

妈妈把爱的秘密，

藏在了这里。

妈妈的手

如果十个妈妈躲在幕布后，

都只露出一只手，

谁能认出自己妈妈的手？

这可真是一个难题，

可是小朋友都会做。

"我的妈妈有美甲，

美甲上有一家人的名字。"

"我的妈妈戴戒指，

戒指是特制的爱心。"

"我的妈妈手最粗糙，

每天都有干不完的活儿。"

最后一个孩子说完话，

眼眶突然就红了。

妈妈的手，

孩子们都认得，

手上刻满了爱。

妈妈的鱼尾纹

我不敢惹妈妈生气。

妈妈每生气一次，

眼角就长出一条鱼尾纹。

我于是逗妈妈笑。

妈妈开怀笑过后，

忍不住说：

我又多了一条鱼尾纹。

奶奶说

奶奶说：

美人啊，

头发黑似墨，

皮肤白如雪。

奶奶说：

早起半日工，

从小要勤快。

奶奶说：

如果你有一升米，

要舍给人一碗饭。

奶奶说：

娃娃不要叹气啊，

福气若听见了，就不来了。

奶奶说：

父母疼儿长江水，

儿孝父母扁担长。

奶奶生病了，

躺在床上说：

真舍不得离开啊，

满世界都是儿孙福！

男孩子

男孩子，

应该是动词，

追赶足球，旋转乒乓球，

把羽毛球打到树梢上，

走象棋，下军棋，

你看他排兵布阵，过关斩将。

男孩子还应该是形容词，

譬如"坚强"，

骑滑板车摔了一大跤，

一脸的血渍，

眼泪洗刷出一条白色的路，

他却咬牙，

把哭声关住。

男孩子，自然是名词，

是星光，是暖阳，

是贴心小夹袄，是御前小卫士，

……

他是一个伟大的奥秘，

从梦想的世界而来，

从欢乐的海洋而来！

他骑着祥云朝妈妈奔来，

只需张开双臂，

他就把全世界放进妈妈的怀里。

天空是雨孩子的幼儿园

妈妈，

是谁拿着瓢和盆，

往人间倒水？

银河里的水舀不干吗？

宝贝，

天空是雨孩子的幼儿园。

雨孩子在人间呆久了，

就想去幼儿园玩。

在幼儿园玩够了，

又想爸爸妈妈。

回家也不好好走路，

那么迫不及待，

还一路追打、装疯，

你们幼儿园的小朋友是不是也都这样呀？

同一个儿子

同一碗饭，

爸爸说：

多了，儿子吃不完。

妈妈说：

不多，儿子还不够。

同一件衣服，

爸爸说：

厚了，儿子会热。

妈妈说：

薄了，儿子会冷。

难道他们的儿子，

不是同一个？

为什么不问问，

我的感受？

为什么

妈妈，

是谁把月亮挂在天上?

又是谁在天空撒雪花?

鸟儿为什么不能在水里游?

鱼儿为什么不能在天上飞?

妈妈，

坐在飞机上，

为什么不能看见天宫?

妈妈，

你能告诉我吗?

我怕你找不到

每天早上起床，
谁知道我到底有多忙！

裤子找不到？
足足找了一分钟——
它正蹲在飘窗的把手上，
俯视一床的凌乱。

袜子找不到？
足足找了二分钟——
一只在枕头边，
一只在地板上。

毛衣找不到？
足足找了三分钟——
它在我自己的屁股底下，
皱皱巴巴好沮丧。

红领巾找不到?

足足找了四分钟——

它罩在书桌的台灯上,

蔫头耷脑没模样。

跳绳找不到?

足足找了五分钟——

它卷成一个球躲在房门边,

又被我一脚踢下去,

——好长一条蛇啊!

水杯找不到?

足足找了六分钟——

它就在餐厅的饭桌上,

水杯盖又不知跑哪儿去了。

妈妈终于发怒了,

她吼道:

你怎么不把自己弄丢呢?

我一边喘气一边满世界找：

妈妈，我不能把自己弄丢了，

我怕你找不到！

我在哪里

天晴时，雨滴在哪里？
下雨时，云朵在哪里？

白天时，星星在哪里？
天黑时，太阳在哪里？

花开时，果子在哪里？
结果时，花儿在哪里？

春天时，冬天在哪里？
冬天时，夏天在哪里？

妈妈，
来我们家以前，
我在哪里？

想妈妈

我要在宁静的星空下，

爬上长长的绳梯，

摘下美丽的星星，

送给妈妈当耳环。

我要在皎洁的月光下，

爬上长长的绳梯，

登上月亮船，

去寻找我的妈妈。

妈妈，

你天天在我的梦里，

在我沾满泪痕的枕头里。

我在不在你的梦里？

一朵抬头的花

晴宝七岁，

掉了两个大门牙，

每次笑到一半，

就猛然用两只小手捂住嘴巴。

女儿的操场正对着我的办公楼。

她说："妈妈，当我们做课间操的时候，

请你到窗前来看我。"

我看了好多次，

都没有找到她。

一操场的同款校服，

一操场的天真烂漫，

我从十楼往下看，

不知道哪一朵花是她。

女儿说，你真笨，

那个抬头看你的就是我呀！

一个傻问题

仔，每天放学接你，

那么多妈妈扎堆，

你为什么一眼就能找到我？

我找个儿高的！

我也不算顶高啊？

我找戴眼镜的！

也不只我一人戴眼镜啊！

我找胖的！

我胖吗？呜呜……

嗯——也不是很胖，一点点胖，

嗯，也不是你胖——是棉袄胖！

妈妈，你问这个问题真傻呀，

我肯定能一眼找到你呀，

因为你是我的妈妈！

玉兰花开

清晨，

我们从玉兰树下走过。

小瑶瑶指着头顶的花说：

"妈妈，如果在花苞里放一个灯泡，

就可以照亮夜行的人。

小老鼠可以在里面睡觉，

做一个又香又美的梦。

我可以用花瓣穿成一串项链，

送给我的朋友。

妈妈，我还可以做成发饰，

戴在你的头上。"

宝贝，你就是我最美的发饰，

我天天戴在心上。

捉迷藏

喜欢捉迷藏的，

可不只是我们小朋友。

苍耳喜欢捉迷藏，

它悄悄黏在动物的皮毛上，

跟着它们去田野和山洼。

它悄悄藏在我们的衣服和帽子里，

偷听我们说悄悄话。

蝴蝶喜欢捉迷藏，

它飞过了篱笆和院墙。

小猫怎么也找不到，

原来蝴蝶藏到了兰花里——

变成了一朵蝴蝶兰。

妈妈也喜欢捉迷藏，

她把爱藏在我暖和的被窝里，

藏在我美味的早餐里，

藏在我上学路上的唠叨里，

藏在我犯错时严厉的目光里。

她藏得那么深，

可我还是

发——现——了！

第四辑

各种各样的孩子

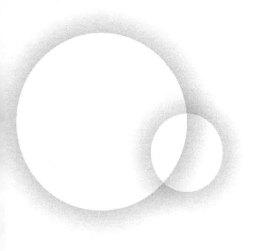

包馄饨

包馄饨，

包馄饨。

包个草帽送爷爷，

下地干活儿遮太阳。

包个元宝送奶奶，

恭喜发财福气来。

包个船儿送爸爸，

夏天带我去航海。

包朵莲花送妈妈，

让她每天乐开怀。

包个猫耳送姐姐，

撸撸你的小可爱。

包条金鱼送弟弟，

游来游去多自在。

包个什么送自己呢?

包个锦囊送自己。

一路降妖和打怪，

都有妙计掏出来。

吃面条

妈妈做的面条烫得像火山口，

馋死心急的人。

那就让筷子来帮忙，

先绕碗边跑一圈，

再捞起一挂瀑布，

最后卷成大鸡腿。

就是现在！

亲爱的面条，

来吧——

到我肚子里去旅行吧！

嗷呜——

打水漂

小河边，静悄悄，
小石子，薄又薄，
我在河边打水漂。
一颗石子扔下水，
变成小鱼不见了。

风儿吹，花儿笑，
笑我不会打水漂。
沉住气，弯下腰，
一颗石子飞出去，
变成小鸟飞走了。

攥紧手，弯下腰，
再练一次打水漂。
嗖嗖嗖，
跳跳跳，
一条神龙水上漂。

呆萌缺牙小弟弟

弟弟写字累了，

仰起小脸伸开双臂，

咧开刚掉一颗门牙的小嘴，

惹得妈妈笑嘻嘻：

可爱的小老头，

你的窗户没关上，

每句话都漏风。

弟弟嘟起嘴：

不要打扰我伸懒腰，

我不是缺牙小老头，

我是呆萌小弟弟。

"弟弟不在这里"

要洗澡了，

可是弟弟去哪儿了呢？

找啊找啊，

家里的各个房间都找不到。

突然，衣柜里传来一个小小的声音：

"弟弟不在这里！"

要上床睡觉了，

可是弟弟又不见了，

找啊找啊，

厨房、客厅、卧室，到处都没找到。

突然，餐桌底下一个小人捧着一本小人书，

狡黠地说：

"弟弟不在这里！"

周末晚上，熄灯了，

可是弟弟不在自己的床上。

找啊，找啊，

衣柜里、餐桌底下都不见。

突然，姐姐床上的被子动了动，

一个拱起的圆团里传来窸窸窣窣的声音：

"弟弟不在这里！

赌气

不要总说我小气，

明明是妈妈偏心弟弟。

我们虽然不一样，

但都是妈妈的宝贝。

赌气真不是好主意，

眼泪也不是女生的武器。

大人们照样说说笑笑，

只有弟弟跑来小声问：

姐姐，你生谁的气？

早知这样我就不生气。

想起每次吃零食，

弟弟都先让我选。

每次出去玩，

弟弟都喜欢跟着我。

每次去妈妈那里告状，

弟弟都不解释。

想起这些，

我的眼泪又不争气……

飞马

游乐园里，

我骑上一匹飞马。

我要做个小勇士，

天马行空。

呼呼呼，

头发飞扬。

呼呼呼，

尖叫声抓住了云脚。

飞马再一次冲向高空的时候，

我闭上了眼睛。

风筝

飞吧，飞吧，

风筝。

你要飞到月亮上去，

给嫦娥仙子捎个信：

人间春暖花开啦，

广寒宫里太冷清，

到人间来踏个青吧。

各种各样的孩子

昆虫有毛茸茸的，有闪亮的，
有圆形的，有条纹的。
昆虫可以是带刺的吗？
当然可以。

水果有红色的，有绿色的，
有黄色的，有紫色的。
水果可以是蓝色的吗？
当然可以。

孩子有胆小的，有胆大的，
有调皮的，有乖巧的。
孩子可以是边哭边笑的吗？
当然可以。

昆虫也是孩子，
水果也是孩子，

我们也是孩子，

世界上有各种各样的孩子。

和落日赛跑

你急急忙忙赶回家，
跑得满脸通红。
你的家在山坳里。

我的爸爸开着车，
一路疾驰赶回家。
我的老家，
也在山坳里。

我们一起赛跑吧，
看谁先到家。

赶到奶奶家院门口，
门口挂着一个大灯笼。
咦，您跑到我家来了吗?

黑袜子，白袜子

一只黑袜子，

在阳台上不见了。

剩下另一只，

孤孤单单，

怪可怜。

一只白袜子，

也在阳台上走丢了。

剩下另一只，

孤孤单单，

怪冷清。

黑袜子叹息一声：

小主人的脚丫软软的，

我没了另一半，

肯定要被抛弃了。

白袜子噘了噘嘴巴：
那不更好吗？
小主人的脚臭臭的，
我再也不用闻他的臭脚丫。

黑袜子睃了白袜子一眼：
以后你想闻都闻不到呢，
小主人的脚又大了一码，
我们都要退休了。

白袜子听了，
耷拉了脑袋。
忆往昔，
小主人最喜欢穿着白袜子，
在绿茵茵的草地上，
跑啊跑啊。

小主人回来了，
他把黑袜子、白袜子，
一起套在了脚丫上。

黑袜子，白袜子，

乐坏了。

他们一起结伴，

走天涯。

画金鱼

谁家鱼缸里，

游出来了

两条金鱼，

游到画纸上来了。

圆圆肚子里学问可不少，

鼓鼓的眼睛开动"好奇号"，

美丽的裙子摆一摆，

跳支霓裳羽衣给你瞧。

不要把纸折起来，

万一我要游回去，

借你的小手搭个桥。

换牙

一颗新牙探出头，

小声说：

麻烦让让，我要出来。

旧牙说：

这是我的地盘，

我偏不让。

新牙打不过旧牙，

就搬来了救兵。

镊子钳子来了，

把旧牙的据点拔了。

新牙占领了阵地，

小朋友咧嘴笑了。

郊游

叽叽喳喳，

叽叽喳喳，

雨后天晴，

心情好极了。

叽叽喳喳，

叽叽喳喳，

你要吃奶酪棒吗？

你要吃麻薯吗？

叽叽喳喳，

叽叽喳喳，

金黄的油菜花，

一片灿烂。

叽叽喳喳，

叽叽喳喳，

一辆大巴，

一群欢快的小学生，

出发了。

落日

傍晚的时候，

弟弟的红皮球，

怎么跑到天上去了？

弟弟很着急，

他想请云朵姑娘，

帮他把皮球，

送回来。

棉花糖

你举一朵棉花，

我捧一朵白云。

哎呀，哎呀，

舌尖刚遇上，

就甜化了。

他画一个糖人，

手握幸福的权柄，

咯嘣，咯嘣，

馋死你。

春游的味道，

就是背着爸妈偷糖吃。

长大后，

它就成了我们的童年。

南瓜车

院子里的柚子总是长不大，

因为他躲在叶子下面，

睡大觉呢！

地里的南瓜，

个头大得像施了魔法，

明天我就可以骑着它，

回姥姥家了。

姥姥家有几箩筐的童话，

一辆南瓜车都装不下。

跑调

爱心老师说：

唱歌跑调才正常，

跑的调都是原创。

我才不会跑调呢，

每个音都乖乖地呆在她的音阶上。

跑调的人是妈妈，

她一开嗓，

就有个调皮的孩子跑出来，

在草原上，

一溜儿撒欢。

石头剪刀布

思念了一个冬天，

风信子在等去年的那只黄蝴蝶。

蒲公英举起洁白的小伞，

每一朵都是一个关于飞翔的梦。

小鸟提着篮子，

篮子里装满了花的种子，

它承诺了一条小路，

要给她穿上五彩的衣裳。

两个小孩，

在草地上玩石头剪刀布。

他们都出了剪刀，

谁也没赢，谁都没输。

时间是个大坏蛋

时间是个大坏蛋，

它总不让我睡够。

被窝里有精灵拉着我，

还有梦没有做完呢。

时间是个大坏蛋，

周末它跑得比赛车还快。

周五又来得那么慢，

好像蜗牛爬泰山。

时间时间，

我们坐下来谈一谈。

你能不能让快乐的时光，

走得慢一点，

让假期今天就到。

水库坝上的音乐会

水库坝上的音乐会，

和城里的音乐会不同，

它不需要炫目灯光。

淡淡月影，几点星光，

大自然的舞台最浪漫。

水库坝上的音乐会，

和城里的音乐会不同，

无需请柬邀约。

各种野花、野草、灌木、乔木，

都有一双会聆听的耳朵。

水库坝上的音乐会，

所有的昆虫都参演了：

青蛙、蟋蟀、蝈蝈、纺织娘……

不论名声大小，

不排席位座次，

每个演奏家都施展自己的天赋。

听说，从城里赶来，

听这场音乐会的孩子，

心永远不会变老。

我就是那个幸运的孩子。

晚安

晚安，

小伙伴们！

独角兽睡床外边，

胡萝卜睡床里边，

小花猪挨着我。

咦，龙猫呢？

哦，你在这儿啊，

你睡床头中间。

今晚我抱着小兔睡，

鼻子要露出来，

妈妈说被子里空气不新鲜。

大家都准备好了吗？

好，晚安！

我爱你们，

一，二，关灯！

我想

我想妈妈开一家超市，

里面全是我爱吃的零食。

我想爸爸开一家游乐场，

我可以在里面一直玩到天黑。

如果这两个愿望很费钱，

我想爸爸妈妈带我，

去森林，

去田野，

不花一分钱，

我也很乐意。

我想要一只猫咪

我想要一只猫咪，

像一团云，

在我身边飘来绕去。

每当我赌气，

她就用宝石一样的眼睛，

看着我说：

喵喵，小仙女不生气！

我想要一只猫咪，

这个世界上独属于我的，

会撒娇的东西。

撸撸她的毛，

喂她吃东西，

无论我做什么，

她都不反对。

我想要一只猫咪，

我已向妈妈央求了一万次。

妈妈说：

要给猫打疫苗，很麻烦；

要给猫洗澡，很麻烦；

要给猫准备牛奶和猫粮，很麻烦，

猫咪生病了还要去宠物医院，很麻烦。

可是妈妈，你为我做了那么多，

你怎么不说麻烦？

我也不知道

红领巾，

什么时候从脖子上飞走了？

我也不知道。

小石子，

什么时候跑到鞋子里去了？

我也不知道。

院子里，

樱桃小姐什么时候换了一身碎花裙？

我也不知道。

池塘边，

柳树姑娘什么时候开始对镜梳妆？

我也不知道。

妈妈，

你问我什么时候突然长高了，

我也不知道。

我估计就是一瞬间，

短得就像眨眼睛。

哎呀，

玉兰在枝头"啪"的一声打开了伞，

就在刚刚一瞬间。

乡间的快乐

大白鹅起得真早，

比林间的鸟儿抢先

叫醒了耳朵。

云朵不用急着上学，

慢慢悠悠地走。

今天我决定干一件大事，

找一找乡下孩子的快乐。

我偷偷爬进窗户里找，

捉到了一只小虫。

我跟着爷爷来到菜地里找，

刨到了一个大红薯。

我跑到院场去找，

遇到在打架的黑黄二狗。

我跑到池塘边去找，

迎面一群鸭子被我惊得

跳水游走了。

我气喘吁吁跑回家，

奶奶问我找什么，

我说找"快乐"。

妈妈说：

你的脸上，你的眼睛里，

那星星一样闪烁的，

是什么？

衣服开大会

小主人的床上，

衣服们很生气。

长裤说：

别压着我，

我的腿都快断了。

衬衫说：

别闷在我头上，

我快喘不过气来了。

短裤说：

我害羞，

不要把我乱扔。

风衣说：

我站着才有风度，

把我弄成一团，

我心脏受不了。

小主人回来了，

他把衣服都请进了衣柜。

所有衣服，

各归其位，

谁也不生气。

足球赛

时间走得真慢，

离周末的足球赛，

还有两天。

过了水的新球衣，

闻了又闻。

时间走得真慢，

离周末的足球赛，

还有一天。

穿上蓝色的 10 号球衣，

在镜前照了又照。

时间走得真慢，

我都醒了好久，

天还没有亮。

今天上午第一场球赛，

不知是不是和昨天梦里的

一样?

最浪漫的事

蝴蝶飞了很远的路，
去看她的朋友。
半山腰迎着骄阳，
盛开的朵朵夏花，
伸长了脖子，
摇曳在拐弯处。

小溪跑了很远的路，
去看她的朋友。
山涧里的鹅卵石，
等候她带来，
最欢乐的音符。

风跑了很远的路，
去看她的朋友。
她亲吻过的，
那个摔跤哭泣的小女孩，

笑着朝她伸出了双手。

一个人跑很远的路，

去看另一个人，

是世界上最浪漫的事。

坐火车

呜——呜——呜，

火车上载满了小朋友。

咔嚓——咔嚓——咔嚓，

火车绕着小山跑。

不要嫌它跑得慢，

半小时后它又回到起点。

我们的童年，

跑走了就再也不回来。

第五辑

给每一株植物起一个名字

菜花和蝴蝶

穿花裙子的小姑娘，

一蹦一跳去菜园里摘菜，

满园菜花接待了她。

菜花说：

你能叫出我们的名字吗？

金灿灿的五角星是南瓜花，

吹起小喇叭的是空心菜花，

还有茼蒿、蚕豆、洋葱、豆荚……

每念到一个名字，

就有一个灵魂发出惊喜的尖叫。

"乡下姑娘都不认得我们啦，

你怎么认得呀？"

穿花裙子的小姑娘咯咯笑：

"因为我是蝴蝶变的呀！"

春笋

你穿着，

一层又一层盔甲，

带领一个连，一个营，

在山林，在田野，

为春天站岗。

大地的耳朵

我是大地的耳朵，

我的名字叫蘑菇。

活蹦乱跳的小雨滴，

夜空中狡黠的星星，

悬崖边探头探脑的小花，

我每天都和他们说悄悄话。

我也见过许多新鲜事，

诱人的仙果，

藏在地底下的蝉，

冷不丁来拜访的闪电。

这个世界，多奇妙！

栀子花啊，野草莓啊，

松树啊，狗尾巴草啊，

都开口说话啦。

它们说了什么，

只有我知道。

因为，

我是大地的耳朵。

大地的秘密

紫云英，

婆婆纳，

雀舌草，

曼陀罗……

你知道多少野花的名字，

你就知道多少大地的秘密。

造物主把每朵野花雕琢得惊艳，

不是没有用意。

如果阴雨天看不见星空，

野花就是大地的星星。

大地还有很多，

你不知道的秘密。

大树上的疙瘩

大树上的疙瘩，

灰不溜秋，

难看了一个冬天。

春天来了，

大树上的疙瘩，

在茂密的绿叶间，

更难看了。

我找来一根长长的棍子，

准备帮大树，

摘掉这个难看的结疤。

大树摆摆手，说：

那是小鸟的家！

大树，

从不嫌弃这难看的疙瘩！

冬天的森林

山谷里，

静悄悄，

森林穿上了白棉袄。

小动物，

呼噜噜，

雪被子下面睡大觉。

小朋友，

手牵手，

童话王国去寻宝。

慢慢走，

轻轻跳，

别把玻璃碰碎了。

冰激凌，

树上摘，

冰冰甜甜好味道。

冬天的森林有多美?

千树万树梨花俏!

风、雨、小树

小树撑起一朵朵蘑菇伞，

优雅得像个小淑女。

雨想和小树交朋友，

风不同意，

它呼呼地追着雨跑，

整个晚上没消停。

第二天早上，

风和雨又和好了，

大树的蘑菇伞，

却被它们扯歪了。

给每一株植物起一个名字

每一棵树，

每一株草，

每一朵野花，

都和人一样，

有自己的名字。

我叫不出它们的名字，

没关系，

我可以给它们起个新名字。

长耳朵树，达拉崩吧草，巧克力花……

这些新名字我每天都会叫，

叫着叫着，

连小鸟和雨滴也跟着这么叫。

连太阳和月亮都跟着这么叫，

妈妈，

你问我为什么上学路上那么开心。

因为，一路上都是

我的老朋友。

卷心菜

卷心菜，

一定是最胆小的孩子。

裹了一层又一层，

严严实实不透风。

剥了一层又一层，

才能看见她的心。

不要笑她胆子小，

"胆小鬼"也有朋友。

青虫住在她家里，

每天和她玩游戏。

喇叭花

喇叭花啊，

夏天最绚丽的花。

每一个清晨，

在窗前喊我早起。

紫的，粉的，白的，

滴滴答，滴滴答。

太阳下班了，

晒了一天的喇叭花蔫了。

我把掉落的花瓣一朵一朵捡起来，

装进透明的瓶子里。

夏季过后，

我得到了一瓶胭脂水。

我用毛笔蘸着它，

画了满满一纸的喇叭花。

老榕树

一棵几百岁的老榕树，

像什么?

弟弟说：

这长长的是胡须，

榕树爷爷几百年都没刮胡子。

姐姐说：

这长长的是辫子，

榕树奶奶几百年都没梳头发。

一棵几百岁的老榕树，

像什么?

弟弟说：

一棵树就是一片树林，

这是不是野猪林?

姐姐说：

一棵树就是一座城堡，

这是迪士尼乐园中睡美人的城堡。

一棵几百岁的老榕树，

像什么？

妈妈没回答，

她站在榕树下，

听榕树爷爷讲岁月的故事，

榕树爷爷的故事，

很长很长……

绿萝卜

绿萝卜，

刚长出地面，

就被太阳亲吻过。

粉粉的，嫩嫩的，

有太阳的味道。

小婴儿，

一生下来，

就被妈妈亲吻过。

粉粉的，嫩嫩的，

香香甜甜的味道。

秘密

红檵木，

每片叶子上，

都收集了很多

圆溜溜的露珠。

谁把这么多

美丽的珍珠

放在这里？

红檵木说：

我也不知道，

昨晚我睡着了，

你问问露珠吧。

中午我去问露珠，

露珠藏起来不见了。

如果能被我发现，

那就不是秘密了，

我恍然大悟。

爬窗的冬瓜

一只毛茸茸的冬瓜，

拖着孔雀一样的长尾巴，

爬上了窗户，

它每天美美地喝着雨水，

再懒懒地来一场日光浴。

前两天还身段窈窕，

今天就变成了又绿又白的胖娃娃。

哎呀哎呀，

它要准备往下跳了，

又怕压坏了墙角的小黄花。

蒲公英

蒲公英，

披着洁白的婚纱，

出嫁了。

蒲公英妈妈，

不知道女儿的新家在哪里。

她站在风里，

久久地张望。

山茶花和青菜

院子里，

一畦青菜，

手牵手跳起了舞。

院门口，

一朵山茶花，

对着天空梳妆。

青菜对山茶花说：

你笑起来的样子很好看，

你是像爸爸，还是像妈妈？

山茶花脸颊红了：

我像姐姐玫瑰花！

山茶花对青菜说：

你们的舞蹈真好看！

青菜们摆动腰肢，说：

这是新学的舞蹈，

昨晚嫦娥姐姐在月宫里，

远程教我们的。

小可爱

小葫芦、小黄瓜、小丝瓜、小冬瓜……

悬挂在篱笆和院墙上的小可爱，

躺在瓜藤和阔叶间的小可爱，

青青绿绿毛茸茸的小可爱……

我好想伸手去摸，

外婆说：

不要摸，摸了它就会长不大！

野花

太阳和月亮

结婚了，

生了很多孩子，

叫星星。

星星和露珠

结婚了，

生了很多孩子，

叫野花。

白天，

太阳公公出来了，

一朵朵野花朝着太阳仰起笑脸。

太阳慈祥地说：

"你好啊，我的宝贝们！"

晚上，

月亮婆婆出来了。

野花们集体撒娇：

外婆，给我们讲个故事吧？

给我们唱个摇篮曲吧？

月亮婆婆温和宠爱地看着野花们，

轻轻地唱起摇篮曲：

"风儿轻，月儿明

树叶儿照窗棂啊……"

野菊花

你可记得，

山间的野菊花。

一蓬蓬，

一簇簇，

多么明亮，

多么芬芳。

你可记得，

山间的野菊花。

一个小男孩，

把金色的小星星，

摘回了家。

花瓶里的野菊花，

她想家了，

她消瘦了，

她不香了。

小男孩，

后悔了。

油菜花

三月的风，

一路跑一路笑，笑声落下来，

就成了遍地的油菜花。

别不把油菜花当花，

没有她，

谁来点亮春天的明眸？

蝴蝶和蜜蜂，

越过芬芳的海洋，

来把婉约词唱给你听。

你听——

蝶

恋

花！

柑橘花

原来你叫柑橘花呀，

以前怎么没见过。

腼腆羞涩地，

躲在叶子里，

只有很细心的人，

才能发现，

你皎洁无瑕的美。

桃李谈笑风生的时候，

你默默不语。

百花姹紫嫣红的时候，

你微微颔首。

春天要走了，

谁也不来送。

只有你来，

用辽阔无边的香，

为春天依依送别。

云朵和棉花

云朵从天空出发，

出门找伙伴玩，

经过一大片棉花地。

咦，

我的伙伴们怎么去了人间？

棉花一抬头看见了云朵，

嘟起嘴巴大声喊：

你去哪里玩？

带我一起吧！

芝麻花

芝麻花，

你见过吗？

田野里，山脚下，

一个个整齐的方阵，

就是它的家。

紫罗兰的小铃铛，

一对一对地挂。

风来了，

小铃铛说话了。

它说：

小朋友呀，快快上学校，

像我一样，

一节一节往上攀。

竹林

一群竹娃娃，

齐刷刷钻出土，

比一比谁长得高，

比一比谁长得快，

你昨天长 10 厘米，

我今天长 20 厘米

……

大伙儿争先恐后往上长，

离地面越来越远，

离天空越来越近。

哇，这是一个美妙的世界。

俯首河流如带，

伸手可摘云朵。

眼光高一点，

世界就会很大。

第六辑

童年的月亮

白云和炊烟

天空是白云的家，

白云可不会总呆在家里。

她喜欢到山顶织一张厚厚的网，

把山尖藏起来。

她也喜欢到半山腰，

挨个儿在树上挂起片片轻纱。

刚下过雨的时候，

她还会到山脚下来，

找她的伙伴。

山脚下的村庄里，

炊烟飞呀飞呀，

她最爱去白云的家。

她们是好朋友，

好朋友就要一起玩耍。

插秧

小朋友，

光脚丫，

卷起裤腿下田了。

有点凉，

有点怕，

脚底全是烂泥巴。

小秧苗，

手中拿，

一朵一朵泥里插。

绿毽子，

会跳舞，

跳到水里乐开花。

深一脚，

浅一脚，

泥巴一点不可怕，

摔了一跤乐哈哈。

你看我，

我看你，

大家都是泥娃娃。

故乡

在梦里啊，

我又回到故乡。

满山坡的绿啊，

我在绿上打滚。

遍野的油菜黄啊，

我躲在金黄里歌唱。

炊烟袅袅时，

整个村庄变暖。

奶奶喊我吃饭了，

她动听的方言把我的乳名，

喊得响亮而悠长。

昨夜春雨沙沙，

我又梦见了故乡。

儿时的日子啊，

多像屋檐下自由飞行的燕子。

又像满树的桃花，

开得心无旁骛，

无牵无挂。

故乡的小路

从前，

故乡的小路很忙碌。

摩托车，自行车，

大人，小孩，

都从它身上经过，

小路很快乐。

现在，

小路躲在杂木草丛中，

只有蟋蟀、蜗牛、

蜈蚣、螳螂，

从它身上经过。

虫儿们，

很快乐。

快乐一闪一闪的

阳光是个大富翁，

它把金币一把一把地，

洒进湖水里，

金光一闪一闪的。

雨水是个大富翁，

它把银线千条万条地，

抛向人间，

银光一闪一闪的。

小姑娘们也是大富翁，

她们在皮筋上上下翻飞，

辫子一闪一闪的，

快乐一闪一闪的。

狂奔的太阳

不要说你跑得快，

太阳比谁都跑得快。

他每秒跑 250 公里，

像波浪一样旋转着，

往前狂奔。

8 颗行星是他的铁粉，

跟着他一起狂奔。

205 颗卫星像喽啰兵，

围着行星，跟着太阳，

一起狂奔。

原来，太阳是个，

真正的大明星，

拥有一众狂热的，

追随者。

当我在地球上，

睡着的时候，

其实我也在狂奔。

雷电

黑漆漆的夜空，

巨人驾着马车，

从天空经过。

为了赶路，

他快马加鞭。

鞭子每甩一下，

就发出一道耀眼的强光，

车轱辘滚动的隆隆声，

惊天，

动地。

露珠

每一个花骨朵，

都捂着一个秘密。

不要让风偷听，

也不要让阳光打探消息。

让我先做一个，

清甜的美梦。

如果你背着我，

把秘密吐出来。

我会急哭的，

一滴一滴，

落在花瓣上。

落星墩

一颗星星孤独地，

在太空遨游，

亿万年，

都没有一个人和它说话。

它看见了美丽的蓝色地球，

它奋不顾身地跳了下来，

化作鄱阳湖边，

一颗陨石。

多么神秘！往来的船只说。

多么传奇！过往的游人说。

浪漫的李白来了，

膜拜这位天外来客。

咏梅的王安石来了，

赞它是"万里长江一酒杯"。

说说笑笑的游客络绎不绝，

活蹦乱跳的小朋友，

在它身上爬上爬下。

星星喜欢热闹的人间，

星星每天收获很多的友谊，

星星再也不孤单。

瀑布

从高山之巅，

跳下来，

的确很危险。

但是，

有那么多人，

为你惊呼。

你觉得冒险，

也很快乐。

请允许

请允许林子里的鸟，

按自己的曲调随便唱。

请允许田野里的花，

按自己的容颜随便开。

请允许雨水自由坠落，

把村庄淋得湿漉漉。

请允许燕子在屋檐下做窝，

请允许小黄狗在阳光下溜达，

请允许一只白鹅大摇大摆不让道，

请允许天空往海里蓝，

夜晚往墨里黑，

请允许孩子像风一样奔跑，

也允许他摔跤。

不要催我启程，

请允许我漫不经心地，

在这乡间的日子里，

慢慢地生长。

日出

在辽阔漆黑的夜晚，

星星和群山遥遥对视。

他们都不说话，

他们都等待着什么。

凌晨四点，

有一个梦想呼之欲出。

她把云的被子掀开一角，

转而又换上绚丽耀眼的新衣服。

但还是不肯露面，

像个腼腆害羞的女生。

山谷里的鸟儿齐声鸣唱，

用一万双翅膀为她鼓掌。

一张红彤彤的脸，
　终于鼓足了勇气，
　"嗵"一声，
跳出了云海。

世界，你好呀！

识字课

月亮在天空，
教星星识字。

星星很认真，
边听边思考。
每有意会，
就眨一下眼睛。

太阳月亮

别以为，

太阳和月亮，

吵了架，

就不再见面了。

我亲眼，

看见他们，

一个在前，

一个在后，

一同在天空散步。

天和地

天，很想念地，

派了风做邮差去送信。

风只顾自己在人间玩，

把天的信遗忘在九霄云外。

天又气又急，

忍不住流下了眼泪。

地终于懂了天的情谊，

它捧出漫山遍野的鲜花，

送给蓝莹莹的天。

童年的月亮

月亮，

我走，你也走，

我停，你还走。

我跑过了一片田野，

捉了一袋子的萤火虫，

你才走了那么一点点。

月亮，

我喜欢久久望着你，

想看清楚月宫里到底有没有嫦娥。

我似乎看到了桂树，

还听到了吴刚砍树的声音：

"笃——笃——"

月亮，

我喜欢对着你唱歌，

但我不敢用手指你，

生怕晚上睡觉的时候，

你用弯弯的镰刀，

割掉我的耳朵。

伟大和渺小

每个人，

都喜欢把最伟大的事业，

和最伟大的人，

比作太阳。

太阳却说，

我是个小角色，

在银河系里，

像我这样的恒星，

有两千亿颗。

我从此明白了，

为什么，

越伟大的人，

越觉得自己渺小。

我能看多远

一群孩子比谁看得远，

有人可以看到 500 米外的学校，

有人可以看到 2000 米外的城市地标，

还有人可以看到几千米远的高山。

我能看更远，

远得让你吃惊。

月亮距离我们 38 万公里，

我可以看到。

太阳距离我们 1.5 亿公里，

我也可以看到。

这些还不算远，

在漆黑的夜晚，

我能看到天狼星。

它离我们有多远？

光要走 8.67 年!

我还能看到北斗七星,

它离我们有多远?

光要走上百年!

现在你知道了,

我并没有吹牛。

我每天仰望星空,

光走上百年才能到达的地方,

我的思想,

一秒钟就可以达到。

相撞

跑步的时候，

我和同学，

撞在了一起。

我们都摔跤了，

但是都没受伤。

如果地球和它的天体朋友，

相撞了，

那人类可能要毁灭。

我以后要当个科学家，

要想一些办法，

来对付太空中，

那些莽撞的

家伙。

星星的回答

明天会不会下雨?

这个问题,

老天爷也不知道,

只能问星星。

搬一把椅子坐在夜空下,

等星星。

刚开始,只来了寥寥几个,

互相点个头,眨个眼,冷冷清清。

明天会不会下雨?

星星说:

人到齐了才知道。

凌晨两点多,

星星赶集似的多起来,

瀑布似的闪闪发亮,

天空一下子热闹起来。

明天会不会下雨?
明天有没有日出?

星星异口同声地回答:
明天不会下雨啦!
明天可以看日出啦!

雪花

织女，

思念在人间的儿女。

她把织好的一匹白绢，

剪成一朵朵小花，

抛洒给她的孩子们。

地上的儿女，

惊喜着，

欢呼着，

捧起这

一片片珍贵的礼物。

爷爷奶奶

老房子的楼板上，

放着一个旧盒子，

落满了尘埃。

有一天，

爷爷请来木匠，

用上好的木料，

做了一个新盒子，

雕龙画凤，

又大又漂亮。

爷爷乐呵呵地，

对奶奶说，

如果我先走，

优先用漂亮的新盒子。

一个寒冷的冬夜，

爷爷把自己藏起来了，

藏到了旧盒子里。

他执意要把漂亮的新盒子，

留给奶奶。

后来，

奶奶也藏起来了。

两个盒子一起，

藏在了，

大山里。

雨，你慢点下

雨，你慢点下，
等蚂蚁搬了家，
你再下。

雨，你慢点下，
等蜘蛛收好了网，
你再下。

雨，你慢点下，
等试飞的雏燕飞回屋檐下，
你再下。

雨，你慢点下，
等我们都进了校园，
你再下。

雨，你有没有看到，

一路上有很多，

心急的妈妈。

雨

雨在云朵里，

看到大地上的孩子，

在操场上玩得那么开心。

它们羡慕极了，

忍不住跳下来，

想要和孩子们一起玩耍。

孩子们一看雨来了，

一个个捂着头，

尖叫着，

散开了，

没一会儿就跑光了。

雨，

哭了。

摘桑叶的男人

一个披挂雨衣的男人，

用电动车当梯子，

隔着校园的铁栅栏，

摘一支伸出墙来的桑叶。

嫩绿的、刚被雨水擦洗干净的桑树枝，

在他手里被折断了。

这个小偷，

胡子拉碴的小偷，

帽檐上滴着雨的小偷，

动作鬼鬼祟祟的小偷。

他摘桑叶干什么用呢？

是被上小学的女儿央求的吧。

小女儿一定养了一盒，

嗷嗷待哺的

蚕宝宝吧。

摘桑叶的男人，

偷偷地把爱，

摘回家。

图书在版编目（CIP）数据

宝贝，你就是我的春天 / 黄爱梅著 . -- 北京 : 当
代世界出版社 , 2024.1
ISBN 978-7-5090-1804-0

Ⅰ . ①宝… Ⅱ . ①黄… Ⅲ . ①诗集－中国－当代
Ⅳ . ① I227

中国国家版本馆 CIP 数据核字 (2024) 第 005976 号

书　　名：宝贝，你就是我的春天
作　　者：黄爱梅
监　　制：吕　辉
责任编辑：高　冉
选题策划：彭明榜
出版发行：当代世界出版社有限公司
地　　址：北京市东城区地安门东大街 70-9 号
邮　　编：100009
邮　　箱：ddsjchubanshe@163.com
编务电话：（010）83908377
发行电话：（010）83908410 转 806
传　　真：（010）83908410 转 812
经　　销：新华书店
印　　刷：北京精彩世纪印刷科技有限公司
开　　本：889 毫米 ×1194 毫米　1 / 32
印　　张：8
字　　数：158 千字
版　　次：2024 年 1 月第 1 版
印　　次：2024 年 1 月第 1 次
书　　号：ISBN 978-7-5090-1804-0
定　　价：78.00 元

法律顾问：北京市东卫律师事务所 钱汪龙律师团队（010）65542827

当代世界出版社
微信公众号

当代世界出版社
抖音号